J

D0764522

Stink

Megan McDonald   ilustrado por

CAMPEONATO
MUNDIAL de LUCHAS
de PULGARES

Peter H. Reynolds

Stink campeonato mundial de luchas de pulgares

Título original: *Stink and the Ultimate Thumb-Wrestling Smackdown*

D. R. © del texto: 2011, Megan McDonald
D. R. © de las ilustraciones: 2011, Peter H. Reynolds
D. R. © de las ilustraciones de interiores: Matt Smith
Stink® Stink es una marca registrada de Candlewick Press, Inc.
D. R. © de la traducción: 2014, Arnoldo Langner Romero

D. R. © 2015, de la presente edición en lengua castellana:
     Penguin Random House Grupo Editorial USA, LLC.,
     8950 SW 74th Court, Suite 2010
     Miami, FL 33156

Comentarios sobre la edición y el contenido de este libro a:
megustaleer@penguinrandomhouse.com

Primera edición: julio de 2014

ISBN: 978-1-941999-34-9

Printed in USA

Para Nathan y Eric M. M.

Para Rocky P. H. R.

ÍNDICE

¡**P**rimera caída!

¡Segunda caída!

¡Eliminado!

Stink observaba la pila de sobres supersecretos en el escritorio de la señora Dempster y apenas se podía contener.

¡Día de Entrega de Boletas!

El día de Entrega de Boletas era el mejor día de todo el año escolar, tan sólo detrás del día de los Sombreros Locos y del día de las Piyamas, por supuesto.

Por fin había llegado el momento. La señora Dempster le entregó un sobre nuevecito y reluciente, con una pequeña ventana de celofán que decía: Para los padres de James E. Moody.

Stink olisqueó el sobre. Stink lo olfateó. Casi podía percibir el olor de la tinta perfecta que había sido utilizada para registrar todas las buenas calificaciones que estaba a punto de conocer.

—Recuerden —dijo la señora Dempster—, no pueden abrirlo hasta que esté presente al menos uno de sus padres.

Justo en ese instante sonó la campana. Stink colocó el sobre en el fólder de los miércoles, lo guardó en su mochila y salió volando hacia la puerta.

Ya en el autobús escolar, las ansias se apoderaron de él, así que sacó el sobre supersecreto de su mochila.

—Más te vale no abrirlo —le dijo Webster, su mejor amigo.

—Más te vale no abrirlo —insistió su mejor amiga, Sofía de los Elfos.

—Sólo estoy mirando —respondió Stink.

—Stink, guarda eso —le dijo su hermana Judy—. No tienes permiso de abrirlo hasta que lleguemos a casa.

Stink sostuvo el sobre a contraluz y lo presionó contra la ventana del autobús.

—E, E, E, E, E —dijo Stink—. ¡Veo muchas E de *Excelente*!—

Más bien es *Evidente* que te sacaste puros ceros —dijo Judy echándose a reír—. *Elemental y Evidentemente* cero.

—Qué chistosita —dijo Stink muy serio.

El resto del trayecto a casa, Stink sentía como si tuviera abejas en las cejas, arañas en las pestañas y chinchillas en las rodillas. Sentía como si fuera una casi palomita de maíz a punto de hacer ¡p-o-p!

Al llegar, Stink entró como bólido a su casa, sacó su fólder de los miércoles y le entregó el sobre a su mamá.

—Ábrelo, ábrelo, ábrelo.

—Hay que esperar a tu papá.

—Pero mientras más pronto lo abras —reprochó Stink—, más pronto lo podremos pegar en el refrigerador, en el Salón de la Fama de los Moody. Estoy seguro de que saqué puras ES.

—E del Estudiosito de mi hermanito —dijo Judy.

* * *

¡Hora de ver las boletas!

Papá asomó la cabeza por encima del hombro de mamá. Ambos

sonreían, muy orgullosos de todas las ES de su boleta de calificaciones.

—Bien hecho, mi amor —dijo mamá abrazándolo.

—Muchos *Excelentes*. Debes sentirte orgulloso, Stink —dijo papá.

—¿Y no la van a pegar en el refri? —preguntó Stink—. En el Salón de la Fama de los Moody. ¿Arriba de la de Judy?

Pero ninguno contestó. Ambos observaban la boleta con atención. Mamá y papá leían las observaciones en la parte inferior.

De pronto todas las sonrisas se convirtieron en caras serias. Las caras serias se truncaron en sonrisas invertidas. Mamá y papá fruncieron el ceño.

—¿Y esto qué es? —dijo papá, señalando la parte inferior de la boleta.

—Parece una I —dijo mamá.

¡I! ¡La I quería decir *Insignificante*!
¡La I quería decir *Imposible*! Significaba... *Indispensable que te conviertas
en una E, o desapareces de mi boleta de
calificaciones.*

—¿Sacaste una I? —preguntó
Judy—. ¡I de *Insatisfactorio*! ¡I de *Inú-
til*!

—En Edu. Fís. —intervino papá.

—¿Edufis? —preguntó Stink—.
¿Quién es Edufis?

—Edu. Fís. —dijo mamá—. Educa-
ción Física.—Deportes —terció Judy—,
como cuando haces ejercicio.

—¿Deportes? Pero sí me gustan los deportes —dijo Stink.

—Manejar tu cama coche de carreras no se considera un deporte —dijo Judy.

—Me gusta el basquetbol.

—¡Cuando lo juegas desde tu cama coche de carreras, que no es precisamente para hacer deporte!

—También me gusta el beisbol. Y el futbol.

—Te gusta coleccionar estampas de beisbolistas y ver a los Acereros en televisión con papá. Echar porras con la toalla oficial del equipo tampoco se considera un deporte.

—¿Es mi culpa que sea bajito y no alcance la canasta? ¿O que el bat sea más grande que yo? ¿Qué puedo hacer si en el futbol me aplastan todo el tiempo? ¿Te gustaría un hermano que fuera plano como hot cake?

—¿Con miel o arándano? —preguntó Judy.

—De cualquier manera, a mamá y a mí nos gustaría que practicaras algún deporte —dijo papá.

—¿Por culpa de una insignificante I van a dejar que me aplasten como hot cake?

—Hay muchos deportes que puedes practicar. Yo también era bajito como tú, pero era el niño más rápido de los Roanoke Racerbacks.

—Todos los chicos deben ejercitarse y tomar algo de aire fresco —dijo mamá—. Ya verás, será divertido.

—¿Y Judy? ¡Ella también debería practicar algún deporte!

—¿Qué te pasa? Yo juego soccer. Y softbol... y estoy en el equipo de natación en el verano.

—Si practicas algún deporte, po-
drás mejorar esta calificación —dijo
papá.

Los labios de Stink temblaban
como espagueti.

—Además tendrás un uniforme
—dijo Judy—. ¡Y hasta podrías ganar algún trofeo reluciente! Y siempre hay una fiesta de pizzas al final
de la temporada.

Stink observó a mamá y a papá.
Stink miró fijamente a Judy. Pero en
lugar de ojos, sólo podía ver muchas
OS.

¡Siente mi músculo!

¡Guau!

¿Qué deporte debería practicar?

¡Ja!

¡Wooop!

¿Bádminton saltarín?

¡Lo tengo!

¿Lanzamiento de atunes?

¡Oye!

¿Carreras de quesos rodantes?

¡Uuush!

¡Sí!

¿Hockey en monociclo?

Al día siguiente Stink comenzó su investigación deportiva.

A Webster le gustaba andar en bici y el basquetbol. A Sofía de los Elfos le gustaba el ballet, la gimnasia y los bailes africanos. A Skunk le gustaba la patineta.

Pero la bicicleta de Stink tenía una llanta ponchada. Él tiene dos pies izquierdos y su única patineta era una sin llantas colgada en la pared de su cuarto.

Stink se puso a revisar los canales de deportes en la televisión. Primero vio el softbol de tiro lento (a-bu-rri-do), golf (MUY-aburrido), bádminton (por NINGÚN motivo Stink golpearía a un pajarito), y otros deportes donde los practicantes se ponían nombres bobos como René-Rino y Pablo-Piyamo.

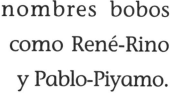

Luego vio el buceo en canales (¡demasiado lodo!), lanzamiento de atunes (a mamá NO le gustaba que arrojara cosas), escupimiento de chiclosos (a mamá TAMPOCO le gustaba que escupiera cosas), carreras de quesos (¿eh?) y carreras cargando esposas (doble ¿eh? ¡Stink ni siquiera tenía esposa!).

Stink estaba a punto de rendirse cuando de pronto escuchó: "El clásico más divertido de todo el planeta". Y luego dijeron: "¡Juega en casa, en el auto, en la escuela! ¡Es gratis y no requiere equipo!".

Stink se quedó pegado a la televisión. "Amigos deportistas, tenemos el deporte para ustedes! ¡Es fabuloso, es gratis, es superdivertido! Fuerza, resistencia, estrategia. Arriba esos pulgares para el deporte que está practicando todo el país... ¡Luchas de pulgares!"

Las luchas de pulgares eran *INCREÍBLES*. Las luchas eran megadivertidas.

¡Se trataba nada menos que de las fantásticas luchitas!

Stink siguió tres combates de pulgares, uno tras otro. Se aprendió las reglas. ¡Más fácil que contar los pulgares de una mano! Se puso a practicar solito. Aún más, se aprendió las llaves más difíciles con nombres divertidos como: Ataque de Serpiente y Ayudante de Santa.

Ahora sólo hacía falta alguien con quien luchar... ¡Webster!

—Uno, dos, tres, a luchar otra vez.

Stink frunció el ceño. Stink sacó la lengua. Stink llenó de muecas su cara. Los pulgares de Webster y de Stink se enzarzaron en un feroz combate.

Primero Webster hizo un intento por atrapar el pulgar de Stink en una, dos, tres ocasiones, pero Stink escapó por un pelo.

Webster esperó, apenas si pestañeó. Webster echó una miradita con maña.

—¡Lo tengo!

Webster sonrió de satisfacción apachurrando el pulgar de Stink con el suyo, y lo atrapó durante tres segundos.

—Ganaste —dijo Stink—. Otra vez.

—¡Sí! —exclamó levantando su puño—. Soy muy macho.

—No es justo —dijo Stink—. Tu pulgar es más largo que el mío.

—Claro que no —dijo Webster, poniendo su pulgar al lado del de Stink—. ¿Ves? Son *casi* iguales.

—Yo soy zurdo —dijo Stink—. Ahora probemos con la izquierda.

El combate comenzó de nuevo, con la zurda, con el pulgar izquierdo. Stink intentó aplicarle una llave a Webster, pero sin suerte. Incluso con la zurda Webster lo pulverizó y lo hizo morder el polvo.

—Stink, eres un *pulgarcito* —dijo Webster soltando la carcajada.

—Qué gracioso —dijo Stink.

—Soy el mejor enmascarado en esta orilla del río Chuckamuck.

—¿El mejor qué? —preguntó Stink.

—Así se llaman los que practican lucha libre. Mi papá era luchador en la escuela, y mis dos tíos también.

Combatieron una vez más. Y otra, y otra. Webster vencía a Stink en cada ocasión.

—Soy un apestink como luchador —dijo Stink.

—¿Y eso qué? No apestas atrapando sapos ni rescatando cobayas o salvando a Plutón. ¡Ah, ni con el olfato!

—Genial. Huelo mal. Te lo dije: apesto.

Webster se carcajeó como rebuznando.

—Pero nunca habías jugado antes. Debes seguir practicando.

—Aguanta un segundo —dijo Stink—. Hagamos máscaras para nuestros pulgares, como las de los enmascarados de la lucha libre de verdad. Podemos hacerles caras horribles para que luzcan muy malos. Malosos.

—Re-malos —añadió Webster.

Stink consiguió tijeras, fieltro, pegamento, marcadores y una bolsita de ojos saltones.

—El mío será verde, con una máscara oscura como la de Batman y llamas rojas encima —anunció Webster.

—El mío será plateado con dientes rojos afilados y una aleta negra detrás, como de tiburón.

—Somos muuuy buenos en esto —dijo Webster sonriendo.

Cuando terminaron, Webster y Stink vistieron sus pulgares con las máscaras.

—Genial —exclamó Webster.

—Súper —dijo Stink.

—Bobos —terció Judy, la hermana de Stink, que acababa de entrar a la habitación—. ¿Por qué están haciendo marionetas de pulgares? Eso es para bebés.

—No son marionetas —dijo Stink.

—Son enmascarados —completó Webster.

—Como los luchadores profesionales de México. Ahora tenemos que inventar un buen nombre para cada uno.

—¿Qué les parece *El Terrible* y *El Mucho Peor*? —dijo Judy entre risas.

Stink la ignoró.

—¿O qué tal *Pulgartonto* y *Pulgarbobo*? —sugirió Judy.

—Conozcan a... T. Rex Jalapeño —gritó Webster, alzando su pulgar enmascarado.

—¡Con ustedes: Tiburón Martillazo!
—exclamó Stink—. T. Rex Jalapeño y
Tiburón Martillazo están entrenando
para el gran evento: el electrizante
Campeonato Mundial de Luchas de
Pulgares.

Webster no quería quedarse atrás.

—El favorito es T. Rex Jalapeño, con una ventaja de 7 a 1. Pero el retador, Tiburón Martillazo, podría sorprender a todos con un ataque desde las profundidades. Algunos lo llaman Ataque de Serpiente. Es tan molesto como una hormiga en el oído.

—Dirás, es tan molesto como una patada en el trasero —dijo Judy entre risas.

Por favor —suplicó Stink—. Por favorcito bonito para tu hermanito.

—Ni lo pienses. No voy a practicar lucha de pulgares contigo. Mamá y papá dijeron que debías practicar algún *deporte*.

—La lucha de pulgares pasa en el canal de deportes. Además tiene los tres elementos necesarios: fuerza, resistencia y estrategia.

—¿Y siquiera sabes lo que eso significa?

—Claro, lo leí en la enciclopedia.

—Créeme, Stink, a mamá y papá no los vas a convencer con la lucha de pulgares.

—Por eso tengo que sorprenderlos con mi gran destreza. En serio, si practico mucho, podré ganar el Campeonato Mundial de Luchas de Pulgares.

—Pues qué pena mundial —bromeó Judy y continuó rebotando una pelota de goma en la pared—. Tengo tarea.

—¿Tarea? ¡Sólo estás rebotando una pelota!

—Intento registrar cuántas veces la puedo rebotar en una pared sin dejarla caer —replicó Judy—. 107, 108, 109. Es como un experimento de Ciencias.

—Tu experimento podría registrar en cuántas ocasiones vences a tu hermanito en lucha de pulgares.

—Stink, me distraes.

Pero Stink no pensaba darse por vencido.

—¿Sabías que el origen de la lucha de pulgares se remonta hasta la época de los romanos?

—Ajá. 110, 111, 112, 113.

—En aquel entonces la lucha de pulgares se hacía en estadios. Muchísima gente iba a verla.

—Ajá. 114, 115, 116.

—Y la lucha de pulgares era *a muerte*.

—Eso es falso de toda falsedad —replicó Judy, dejando de rebotar la pelota—. La gente no muere por una lucha de pulgares.

—Era lucha a muerte... *del pulgar*. Perdías cuando la uña de tu pulgar se ponía toda negra y asquerosa y se caía. Entonces el ganador tomaba la uña caída y corría por la arena.

Y la multitud enloquecía y gritaba: ¡Larga vida a la uña!

—Stink, eres un mocoso mentiroso.

—*Nopi*, lo juro —contestó levantando el pulgar—. Por mi honor de luchador. Ahora que ya sabes todo lo maravilloso y asqueroso, ¿lucharías conmigo?

—No me interesa.

—¿Ni siquiera si te doy mi postal de la Campana de la Independencia y mi moneda aplastada del parque acuático Ocean Breeze?

—Tendrás que pensar en algo mejor, Stink.

—Prometo no ponerte encima mis pies olorosos durante una semana completa.

—Tentador —dijo Judy, y aventó con fuerza la bola a la pared.

—Bueno, no importa. Igual soy más fuerte que tú.

—Claro que no —dijo Judy.

—Claro que sí —dijo Stink.

—Claro que no.

—Demuéstralo —dijo Stink—. Demuéstralo como Sherlock Holmes.

—Está bien, acepto. Pero recuerda, voy en 128 —dijo Judy, dejando a un lado la pelota.

Stink se puso la máscara de Tiburón Martillazo. Y Judy se dibujó una cara en la uña del pulgar.

—Tiburón Martillazo enfrenta a Manta Raya Moody.

—Y que el mejor pulgar gane —dijo Judy entrelazando los dedos con Stink.

—Uno, dos, tres, a luchar otra vez.

En apenas dos segundos, Judy aplastó el pulgar de Stink con su dedo índice.

—Gané —gritó Judy.

—No vale. Los otros dedos van contra la ley. La primera Regla del Pulgar es: nada de Ataques de Serpiente, insectos, trampas, secuaces y, sobre todo, nada de Ayudante de Santa.

—¿Eeh?

—Que no se valen ataques sorpresa de los demás dedos. Sólo pulgares.

—De acuerdo, pero te voy a derrotar, Martillazo. Caerás tan bajo que tus calzones se arrastrarán en el lodo.

Stink encogió el pulgar para eludir el ataque.

—Manta Raya te va a pulverizar como si fueras hielo, Martillazo. Acabarás como un raspado.

—No soy un raspado. Y ya deja de decir cosas.

En ese instante Judy señaló hacia la ventana.

—¡Mira, el cometa Halley!

—Nada más quieres que voltee para aplicarme una llave.

—Me descubriste —dijo Judy—. Pero hay un rompemandíbulas gigante en el librero. Ah, no, espera, ¡es un pedazo de piedra lunar! Te va a encantar, tienes que verla, Stink.

—Después —dijo lanzando su dedo al ataque en una, dos, tres ocasiones.

—¡Alerta, el yeti! ¡Está detrás de ti y es muy grande y peludo! Es verdad.

—¿El yeti? —dijo Stink girando la cabeza para ver.

—¡Te tengo! —exclamó Judy—. ¡Una, dos, tres y fuera! ¡Lucha libre! Atrapé tu pulgar por tres segundos. Yo gano. Toma eso, Tiburón Martillazo.

—Pero me hiciste voltear.

—¿Y eso qué? No tengo la culpa de que hayas caído en el viejo truco del yeti. ¡Manta Raya Moody es el campeón! Tiburón Martillazo es filete de pescado. Tiburón Martillazo es hígado picado.

—¡Tiburón Martillazo está desgarrado! Mira la paliza que le has dado. Perdió un ojo.

—Te lo advertí. Nunca te metas con la Moodinator.

Judy dio algunas puntadas en la máscara de Stink, que quedó como Frankenstein, y le puso una curita como de pirata en la cabeza. En lugar del ojo saltón, le dejó un parche negro.

—Ahora se ve mucho más atemorizante. Lo han vencido algunas cuantas veces, pero tiene varias cicatrices que lucir.

—Tiburón Frankenstein —dijo Stink sonriendo de oreja a oreja.

En el autobús, Tiburón Martillazo se batió contra Rocky y Frank. En el vestidor de chicos, combatió a Skunk. Tiburón Martillazo mordió el polvo en una, dos y tres ocasiones.

En el recreo, durante el almuerzo y en el patio de la escuela, Tiburón Martillazo luchó contra Riley Rottenberger (igual de insoportable que siempre), Heather Strong (*la más fuerte*) y un niño de primero de nombre Johnson Splink. Tiburón

Martillazo recibió una paliza en cada enfrentamiento.

En clase, la señora Dempster daba lecciones sobre el dinero: dólares, monedas de diez y de veinticinco centavos. Así que pasó una charola llena de billetes de imitación y monedas de plástico.

—Trabajen en parejas. Cada uno debe proporcionarle a su compañero el cambio exacto —dijo la señora Dempster—. Yo estaré en el auditorio colgando algunos cuadros, así que dejaré encendida la Yack Buster Deluxe.

No precisamente la Yack Buster Deluxe, sino la Yack Buster Deluxe 6XM: un semáforo instalado en la esquina del salón. Si los niños del grupo 2D guardaban silencio, sólo se mantenía encendida la luz verde. Si los niños comenzaban a hacer ruido, entonces se encendía la luz amarilla. Si lo niños hacían demasiado ruido, entonces se encendía la luz roja, y en el modelo Deluxe también sonaba una alarma.

El historial de Stink Moody con la Yack Buster Deluxe 6XM no era nada bueno. En una ocasión dejó caer su libro de Matemáticas y se encendió la alarma. En otra ocasión se cayó de la silla y la alarma enloqueció: ¡Woo-oo-woo!

La señora Dempster encendió el aparato y la luz verde parpadeó. La luz roja no se encendió, pero miraba fijamente a Stink, vigilándolo para sorprenderlo en cualquier momento.

—Juguemos lucha de pulgares —le dijo Stink a Sofía en el instante en que la señora Dempster salió del salón.

—¿Lucha de pulgares? No sé qué es eso.

¡Como anillo al dedo! El tiburón había encontrado a su presa. Stink podía darle una paliza a Sofía en un minitorneo. Pan comido.

—Yo te enseño —dijo Stink.

—¿En plena clase de Mate?

—Tan sólo nos tomará dos segundos —respondió Stink. Y pensó: "Tan sólo dos segundos para aplastarte".

Stink le enseñó a Sofía cómo agarrarse las manos. Stink le enseñó a Sofía todas las reglas. Stink le enseñó a Sofía a decir: "Uno, dos, tres, a luchar otra vez".

—No me gustan los juegos de peleas.

—No es *exactamente* una pelea —dijo Stink—. La lucha es un *deporte*. Piensa que estás practicando un deporte.

—Entonces por qué dijiste "a luchar".

—Es parte de una frase que rima
—dijo Stink.

Y comenzó el enfrentamiento de
pulgares. Stink se batió con toda la
fuerza de su pulgar, pero en un tris
Sofía lo prensó durante tres segundos.

Stink quedó como un malvavisco aplastado.

—De nuevo —dijo Stink mordiéndose la lengua.

El grupo 2D había olvidado por completo al Yack Buster Deluxe 6XM.

—Destrózala, Martillazo —gritaban los chicos.

—Cuidado con la Bombonizer —decían las chicas.

Sofía logró vencer a Stink una vez más.

—Me dicen Sofía de los Pulgares.

—¿Dos de tres? —retó Stink.

Nadie prestaba ya atención a las matemáticas. Nadie contaba ya el dinero de imitación. El ruido iba en aumento en el salón.

—Traigan la mantequilla, estás frita —gritaron los niños.

—Prepárate para morir, Tiburón Martillazo —respondían las niñas.

La luz amarilla del Yack Buster Deluxe brillaba más que la luz del sol, pero nadie la notó. La luz roja se encendió, pero nadie hizo caso.

¡Woo-oo-oo!, repicó la alarma del Yack Buster, más fuerte que una alarma contra incendios, más fuerte que un camión de bomberos.

—Deténganla —gritó Stink—. ¡O nos meteremos en problemas!

Stink corrió hasta el Yack Buster, pero no encontró el botón de apagado.

¡Woo-oo-oo! ¡Woo-oo-oo! Stink le arrojó encima la colcha para la hora de lectura.

La señora Dempster entró a toda prisa al salón.

—¿Pero qué es lo que...?

Se precipitó hasta su escritorio, tomó el control remoto y apretó algunos botones. Ahhh. Silencio.

La señora Dempster colocó las manos en sus caderas. La señora Dempster puso su cara de maestra

seria. La señora Dempster se expresó en palabras no muy felices.

—Alguien debió tirar su libro de matemáticas —dijo Webster.

—O quizá se tropezó con el bote de basura —terció Skunk.

—Stink Moody estaba haciendo luchas de pulgares —dijo Heather Strong señalándolo.

Y antes de lo que toma decir Campeonato Escolar de Lucha de Pulgares, Stink ya estaba en el auditorio. No más lucha de pulgares para Stink en la escuela. Ahora debía recoger la basura del patio durante el recreo y llevar una notificación a casa para sus papás.

Una nota de la maestra era mucho peor que una I en su boleta de calificaciones. ¡Una nota de la maestra era IN-satisfactoria! Una nota de la maestra podía significar una sola cosa: GRAVES PROBLEMAS.

LLAVES SECRETAS PARA LA VICTORIA

EL CABEZAZO

¡BOK!

Los pulgares hacen chocar sus frentes. ¡Atrápalo cuando el rival se canse y resbale!

EL SEÑUELO

El pulgar finge estar muerto y se queda muy quieto. De pronto, ¡lanza el Ataque de la Cobra!

EL COMETA HALLEY

—¡Mira, el cometa Halley!

—¿Eh?

Distrae a tu adversario. Señala y grita:
— ¡Mira; el cometa Halley!

¿**L**eyeron la nota papá y mamá? ¿Te castigaron? —preguntó Judy.

—No recibiré dinero hasta que sea adolescente —respondió Stink—. Y tendré que conseguir un nuevo deporte.

Stink subió corriendo hasta su habitación.

—Pero no es el fin del Tiburón Martillazo —susurró hacia su máscara.

No era justo. Stink estaba realmente enojado. Golpeó su escritorio con su puño. ¡Uups! Y partió un lápiz por la mitad.

¡Stink no conocía su propia *fuerza*! Stink tenía la *fortaleza* para romper más lápices. De pronto Stink sintió la necesidad de golpear cosas. Stink tenía deseos de patear. Stink sentía la necesidad de cortar cosas con sus propias manos. Stink había dado con su nueva *estrategia*. ¡Él, Stink Moody, se convertiría en el nuevo karate kid!

¿Qué importaba si no tenía un uniforme de karate? Se puso su bata azul y se amarró la cinta a la cintura (dos vueltas) con un nudo. ¡Listo! Stink se convirtió en cinta azul.

¡Ka-pao! Stink lanzó un golpe vertical. ¡Kee-yah! Sus cartas coleccionables salieron volando hasta el espejo. ¡Ka-poom! Pateó su colección de conchas de la repisa. Stink lanzó un codazo hacia atrás y ¡pam!, noqueó a Hulk, Iron Man, Wolverine y a los Cuatro Fantásticos.

Stink pateó al aire. ¡Chas chas! Su guitarra de cartón se desprendió de la pared. ¡Agh-yiah! Casi tira su lámpara de lava. ¡Huy-yah! Una patada a la pared rasgó su póster original de *Star Wars* y su certificado de Súper Lectura.

Simplemente no había espacio suficiente para un karateca de altos vuelos que desafiaba incluso a la muerte. Stink corrió por el pasillo hasta el cuarto de Judy y, con una de sus piernas, tiró una patada al aire por todo lo alto. ¡Banzai!

Oh, oh. Algo cayó y se estrelló en el piso. ¡Auch! ¡El premio de Judy! El trofeo Jirafa (el premio que obtuvo en tercer grado por levantar su cuello más que los demás) acababa de convertirse en el Premio Jirafa sin Cabeza.

Stink lo pegó con cinta adhesiva. ¡Mejor que nuevo! Bueno, casi. Stink ocultó a la jirafa de tambaleante cabeza detrás de unos libros.

Stink bajó a toda prisa para contarle a mamá y papá sobre su nuevo deporte. Mamá dijo que era idóneo para Stink y ¡papá lo inscribió por internet a una clase!

Stink no podía esperar para empezar sus prácticas. En la sala atacó con golpes de karate la enciclopedia. ¡Auch! En la cocina arremetió contra el espagueti, los palitos de pan y una caja de cereal. Las hojuelas volaron por todo el piso. En el cuarto de tele divisó la colección de Judy de lápices extraviados. ¡Perfecto!

¡U-ah-zam! Con cada golpe de karate otro lápiz zumbaba por el aire. Lápices con caritas sonrientes, lápices del "estudiante de la semana", lápices oficiales de la escuela Virgina Dare.

—¡Stink! —gritó Judy al enemigo número uno de los lápices.

—¿Qué tiene de malo? Son lápices que encontraste tirados en el piso de la escuela.

—Pero los colecciono para demostrarle al director cuántos lápices se desperdician.

—No me hables a mí —dijo Stink alzando la mano—. Habla con la

mano. Es una máquina humana trituradora de lápices. No se puede detener. Tiene que descuartizar.

—Toma, puedes golpear este lápiz de "La actitud lo es todo", pero nada más.

Stink levantó la mano. Mouse corrió a esconderse bajo el sillón. Cuando terminó de golpear el lápiz, sólo se podía leer "tud lo es todo".

—Teme a la mano —dijo Stink cortando el aire con un golpe—. Más te vale que seas amable conmigo o podría tomarte por el cabello y hacerte girar.

—¡Ja! No lo creo.

—El ka-ra-te es mi nuevo deporte. Dentro de una semana estaré partiendo bloques de cemento. Pas-pas-pas-pas-pas. Me puedes llamar *Golpzila*.

Golpzila arremetió a golpes de karate contra un cojín de la sala. De pronto había plumas por doquier. Un remolino de plumas, ¡una tempestad de plumas! Una ciudad dentro de una esfera de nieve.

Mouse atravesó a toda prisa la tempestad y huyó del cuarto.

—¡Pff! —intentó decir algo Judy, pero sólo arrojó una pluma por la

boca—. A mamá le va a dar el ataque. Parece que combatiste contra el abominable Hombre de las Nieves. Mejor me voy a mi cuarto.

—No subas —gritó Stink siguiéndola.

—Stink, ¿qué fue lo que hiciste? ¿Por qué te les quedas viendo a mis libros? —demandó Judy, echando un vistazo a su cuarto y dirigiéndose a su librero—. ¡STINK, rompiste mi Trofeo Jirafa! ¡Era muy-pero-muy-especial!

—No te enojes, por favor. Prometo pegar todos los lápices extraviados que rompí y ayudarte a recoger más lápices después de clases por lo que resta del año.

—Está bien.

—¿Está bien? ¿En serio?

—Sí, está bien, puedes ayudarme a recoger lápices después de clases.

—Lo prometo. Palabra de ninja. Te ayudaré. Todos los días. Excepto los martes y jueves y un viernes cada quince días porque tengo clase de karate.

TARJETAS DE COLECCIÓN

¡Es grande y malo! Resucitó del más allá y es el pulgar más momia que existe. Es uno de los favoritos para ganar, por supuesto.

☆ **MARIO LA MOMIA** ☆

¿Sereno, tranquilo, sosegado? ¡Ja! Dragón está decidido a merendarse a la Momia. <u>Cien</u> por ciento explosivo. "Peligro" No juegues con fuego.

☆ **MAESTRO DRAGÓN** ☆

Es rojo y escandaloso. Este gallo madruga para practicar sus acrobacias. ¿Tendrá algo más que plumas? ¿Se convertirá en caldo de gallina?

ROOSTER
☆ **EL GALLO FEROZ** ☆

Tiembla y se estremece. Se oculta en la esquina. ¿Se quitará la colcha y enfrentará a la Momia o se irá llorando con su mami?

PULGARZONZO
ALIAS **EL CHUPÓN CHILLÓN** ☆

Bienvenidos a la Academia Mano Vacía —dijo una chica que tenía una cinta en la cabeza con el ying-yang en ella—. Soy Izzy y soy cinta naranja, así que ayudo a los chicos nuevos.

Stink respiró profundo. Una pared entera se hallaba cubierta de espejos. En el suelo estaban esparcidas colchonetas de entrenamiento de color naranja y negro;

en las esquinas hacían guardia sacos de boxeo recubiertos de hule espuma. Escritas en la pared, se leían las palabras: RESPETO. CONFIANZA. CONCENTRACIÓN. DEFENSA PERSONAL. MEJORES CALIFICACIONES.

—Quítate los zapatos —dijo Izzy.

Stink se quitó sus tenis apestosos y se dirigió hacia la colchoneta. Sus pies salieron volando.

—Acabas de aprender tu primer movimiento —dijo Izzy entre risas—. El Sentón Volador.

—Veo que nuestro nuevo estudiante comenzó volando —bromeó

un hombre de cabello alborotado y una cinta negra.

Stink se incorporó.

—Stink Moody —dijo Izzy—. Él es nuestro maestro, el señor Albion. Le decimos Sensei Dan.

Sensei Dan hizo una reverencia ante Stink.

—Hola, bienvenido. Quítate los calcetines Stink Moody. En karate logramos un mejor control con los pies descalzos.

—¿Y quién es él? —preguntó Stink señalando a una figura de cartón, en

tamaño real, de un hombre practicando karate.

—Es el venerable Yuuto Kashiwagi —respondió Izzy—. Un campeón mundial de karate. Lo llamamos Maestro Dragón.

—Calentamiento, todo el mundo —avisó el señor Albion, y los niños comenzaron a caminar por la orilla con los pies descalzos.

—Soy sólo yo —dijo Sensei Dan.

—Soy sólo yo —repitió la clase completa.

—Camino en mis propios pasos.

—Camino en mis propios pasos —repitieron todos.

A continuación se sentaron en el piso e hicieron lagartijas, abdominales y estiramientos. Después se sentaron con las piernas cruzadas intentando concentrarse en una imagen relajante.

Stink abrió los ojos. Stink no se sentía en calma. Lo único que ocupaba su mente eran las patadas de karate (¡aay-ya!) y los golpes (¡caapao!) y los puñetazos automáticos. ¿En dónde estaban las tablas que iban a partir? (¡ayy-iee!).

—Procuremos no hacer efectos de sonido durante la meditación —dijo Sensei Dan.

Stink se puso rojo como un jitomate.

—Permite que tu mente se convierta en un estanque de agua quieta, sin ondas.

Stink intentó imaginarse como un estanque. Pero ¿cómo le iba a ayudar un estanque con su karate? ¿O con la lucha de pulgares? En vez de eso inventó una broma. ¿En qué parte se pegó el karateca? En su *karita*. Ja, ja, ja.

—Silencio por favor —dijo el señor Albion. Y Stink se puso aún más rojo.

Cuando terminaron de *ser* estanques de agua, Dan enseñó a Stink algunas posiciones de mano.

—Recuerda Stink: *karate* significa mano vacía.

Pero la única mano vacía que a Stink le interesaba era la que utilizaría para romper ladrillos.

A continuación practicaron diversas posturas: postura de jinete, postura en guardia, postura de gato. Hacer posturas resultaba A-BU-rri-do, significaba no dar patadas ni golpes ni romper objetos.

Stink intentó hacer una reverencia ante Izzy, pero la golpeó con la cabeza. Cuando intentó inclinarse como un sauce, acabó dentro de un cajón con bolas. Y cuando le pidieron que se parara en una sola pierna, el niño a su lado —a quien le dicen Rooster Raymond— le dijo:

—Hum. Pareces una mantis religiosa.

¡Hasta que al fin llegaron los sacos de boxeo! ¡Wapl, pash, bam! ¡Stink

Moody, mejor conocido como Tiburón Martillazo, era la máquina lanzazapatadas y rompecostales perfecta! Cuando se dirigía hacia el costal, Stink tropezó y dio una voltereta.

—Oye, chico bailarina —alcanzó a musitar Rooster—. La clase de ballet es aquí al lado.

—Señor Raymond —dijo Sensei Dan señalando la palabra RESPETO sobre el espejo—. No me obligue a recordárselo.

El Sensei Dan se acercó y le entregó una cuerda de saltar a Stink.

—¿Qué le parecería señor Moody si sale de la colchoneta y practica un poco con la cuerda?

"¿Una cuerda para brincar? ¡Tiene que estar bromeando!" Pero Stink sabía que debía respetar la cuerda. Al menos durante la hora de clase.

Cuando terminó, Stink se dirigió hacia el Sensei.

—Hum, señor Albion, quiero decir Sensei, ah, perdón, Dan, ah, quisiera saber, hum, ¿a qué hora empezamos los *karahachazos*?

—El karate no sólo tiene que ver con el cuerpo, señor Moody. También se relaciona con la mente.

—¡Hum!

—Varios de nuestros estudiantes tienen mucho tiempo practicando.

—¡Hum!

—El karate es una disciplina, un estado mental. No es algo que se da en un solo día.

—¡Hum!

Stink poseía el *estado mental* para los golpes de karate. Stink poseía el *estado mental* para convertirse en el campeón mundial de lucha de pulgares.

—Te propongo algo. Sube a la colchoneta y te enseñaré a dar una patada lateral.

—¿En serio? ¡Letal!..., digo: ¡genial!

—Párate en un solo pie. Levanta la otra rodilla de forma lateral y lanza la patada.

¡Chaas! La pierna izquierda de Sensei Dan se disparó como el rayo.

—¡Fuerza máxima! —gritó Stink golpeando dos veces al aire, uno-dos.

—Ahora inténtalo tú. ¿Listo? ¡Patada!

—Stink levantó la pierna, tambaleándose como un huevo, dobló su

rodilla y pateó. Stink giró sobre su pierna como bailarina de cajita musical. Y lanzó al aire su patada voladora. ¡Pam! Su pierna izquierda dio contra la mandíbula de cartón del Maestro Dragón. El venerable Yuuto Kashiwagi se desplomó y Stink aterrizó con su trasero. ¡De nuevo!

—¿Stink, te encuentras bien?

—Bromeas —añadió Stink—. ¡El karate es genial!

¡El karateca invencible! ¡El novato Stink E. Moody, "Trasero de Bailarina", acaba de derribar al Maestro Dragón!

¡DAMAS Y CABALLEROS!
MARIO LA MOMIA
— vs. —
ROOSTER, EL GALLO FEROZ

En esta esquina, salido de la cripta, Mario la Momia.

¡Te voy a momificar gallina!

Despierta al alba, listo para luchar: El Gallo Feroz.

¿Lucha mejor de lo que cacarea?

¡Te haré caldo de gallina!

¡No, caldo no, por favor!

¡Mario la Momia, al sarcófago irás a dar!

No te rajes o te hago omelet.

¡PAF!
¡ZAS!

Mario la Momia sepulta a otro rival.

Algo le picó a Stink. Y no se trata de una picadura de insecto, ¡sino del karate! Mientras Sofía hacía vueltas de carro, él practicaba sus patadas. Si no estaba practicando lucha de pulgares con Webster, entonces practicaba sus posturas. Incluso en la bañera practicaba sus golpes.

Stink había planeado obtener su cinta amarilla a base de golpes y patadas en unas pocas semanas. Y para celebrar, había decidido organizar una fiesta de pizzas. Mejor dicho. La más grande fiesta de pizzas con torneo mundial de lucha de pulgares incluido.

Stink bebía malteadas de proteína, comía barras energéticas y rebanadas de manzana untadas de crema de cacahuate. Comida para el cerebro *y* el cuerpo.

Cuando Sofía y Webster llegaron a su casa, lo encontraron caminando en línea recta en la sala con algunos libros encima de su cabeza e intentando memorizar el credo de la cinta amarilla del karate.

—Sólo soy yo. Vengo a ti sólo con karate. He aquí mis manos vacías, bla, bla, bla.

—¿Por qué ya nunca quieres hacer otras cosas? —preguntó Webster.

—Karate en el cerebro —dijo Sofía.

—*Karate* en el *cuerpo* —dijo Stink, y los libros cayeron al piso.

—Yo nada más te digo que antes de enloquecer por los deportes eras más divertido.

—No puedo detenerme ahora. Casi soy cinta amarilla —respondió Stink mostrando su lista de cinta amarilla—. Conozco todas las posturas, varios golpes y domino la patada lateral. Además he aprendido a respetar los saltos con cuerda. Sólo me falta aprender el credo de la cinta amarilla y...

—¿*Harry el perro sucio*? —preguntó Sofía levantando los libros—. ¿*Clifford, el gran perro rojo*? ¿*Vamos, perro, vamos*?

—¿Por qué tienes tantos libros para bebés? —preguntó Webster.

—Pensé que tenías malas notas en deportes, no en lectura —añadió Sofía.

—Tengo que leer para un perro —respondió Stink—. En la biblioteca.

Para conseguir mi cinta amarilla tengo que hacer tres horas de servicio comunitario.

—¿Un *perro* en la *biblioteca*? —preguntó Sofía.

—Llevan perros que están en entrenamiento como guías, para ayudar a personas ciegas. Pero primero el perro tiene que acostumbrarse a otras personas y niños y así por el estilo.

—¡Eso es doble *guau*! —dijo Webster—. ¿Podemos acompañarte?

* * *

Stink y sus amigos se fueron directamente a la biblioteca.

—¿Ya está aquí el perro para la lectura?

—Llega en cualquier momento —respondió Lynn, la bibliotecaria.

¡Por fin llegó el perro que gustaba de la lectura! Moose era un pastor alemán con orejas gigantescas y una lengua rosada y más larga que

una salchicha. ¡Slurp! Moose lamió la cara completa de Stink.

—No te preocupes si te sientes como un helado —dijo Maggie, su entrenadora—. Es su manera de familiarizarse contigo.

En un tris el perro convirtió a Stink en una paleta humana.

—Muy bien, me interesa que Moose se acostumbre a estar a solas con niños, así que estaré en la cafetería de enfrente.

Stink leyó un libro sobre el gran perro rojo en Halloween. Y Moose respondió con un ladrido.

—¿Quizá le dan miedo los fantasmas? —sugirió Webster.

Stink leyó otro cuento en donde el gran perro rojo toma un baño. Y Moose bostezó.

—Quizá no le gusta bañarse —dijo Sofía.

—Eso tiene sentido —dijo Stink tapando su nariz.

Stink leyó después la historia del gran perro rojo y la primera vez que vio la nieve. Moose levantó las orejas. Stink pasó la página y luego otra más. Moose descansó su cabeza en sus patas.

—¡Le gusta! —exclamó Stink cuando Moose puso su pata sobre el libro.

—¡Mira, intenta cambiar de página! —dijeron Sofía y Webster entre risas.

Stink eligió un libro sobre un perro y un gato que eran grandes amigos. Moose agarró el libro y salió corriendo.

—¡Moose! —gritó Stink, persiguiendo al perro—. ¡Regresa, los perros no saben leer!

Webster y Sofía salieron detrás de Stink, y Lynn, la bibliotecaria, detrás de ellos. Pasaron varios pasillos de libros, recorrieron la sección de misterio, la de libros de cocina y llegaron hasta la esquina donde estaba reunido el Club de Tejido. Moose quedó enredado en una gran bola de estambre azul, ¡pero ni eso lo detuvo!

¡Riiss! Moose saltó por encima de las piernas de un señor que leía el periódico. ¡Slurp! Casi tira la mesa de la

pecera. ¡Chas! Derribó un carrito con libros infantiles.

—¡*Aballito*! —gritó una bebé señalando a Moose.

Moose la pasó a toda velocidad y enfiló hacia la puerta.

—¡Detente, Moose! —gritó Stink.

Moose pasó volando por el detector de libros. ¡Uuuh, uuuh, uuuh! Y

la sirena era más fuerte que el Yack Buster. Moose se detuvo y giró.

—Sé buen chico —dijo Stink intentando convencerlo—. Devuelve el libro, anda.

Moose pasó a toda prisa a su lado, sacándolo de balance, y brincó dentro del carrito de devoluciones. ¡Cronch! Aterrizó sobre una montaña de libros.

—Así que sólo querías devolver tu libro a tiempo, ¿verdad, chico?

—¡Gruauf! —ladró Moose.

Stink estiró la mano hacia el libro en la boca de Moose.

—¡Gruauf, gruauf, gruauf!

Stink recordó al sauce. Se convirtió en un estanque de agua quieta y extendió su mano vacía hacia Moose.

Finalmente, Moose soltó el libro. Cuando Maggie regresó, Moose estaba echado en las piernas de Stink, lamiendo su cara.

—¿Quién es el perro lector? Sí, tú, claro que tú —decía Stink—. Te mereces un premio de superlector.

—Y tú te mereces un 10 en servicios comunitarios —dijo Maggie.

Moose alzó una de sus patas.

—Mira, está practicando karate —dijo Stink—. Ya sabe la postura del jinete.

—Postura de Moose —terció Sofía, provocando las risas de todos.

¡Hiss!

¡DAMAS Y CABALLEROS!
MARIO LA MOMIA
— VS. —
EL MAESTRO DRAGÓN

¡Rrrr!

¡Te haré picadillo de momia!

¡Ya veremos!

¿Eres un dragón o una princesa?

¡Roar!

¡slash!

¡Urg!

¡crash!

¡Ja, buen intento!

¡Pero no caeré en el viejo truco de la serpiente!

¡Mario la Momia lanza su ataque!

¡Se acabó la fiesta!

MÁS ADELANTE

RIP Maestro Dragón

¡Ja, ja, ja! ¡Invicto!

¡**S**ábado! ¡Por fin llegó el día en que Stink se ganaría su cinta amarilla!

Para cuando llegó a la Academia Mano Vacía, Stink sentía que tenía frijoles saltarines en el estómago. Respiró profundo un centenar de veces. Se convirtió en un estanque de agua quieta.

Judy, mamá y papá se sentaron en la parte de atrás. Stink quedó de frente al espejo. "¿Espejito, espejito,

quién es el más cinta amarilla de todos?" Stink sonrió. "¡Deja de sonreír!
¡Concéntrate!" Stink dejó de pensar por completo en bromas. Se si-
tuó junto a otros tres niños y puso su
mente tan en blanco como una hoja
de papel.

Stink hizo una reverencia ante Sensei Dan. El salón quedó en silencio total. ¡Aay-ya! ¡ayy-iee! ¡Jua! ¡Jua! ¡Jua! Stink realizó cada una de sus posturas. El público aplaudió. Stink demostró su habilidad con patadas laterales y circulares. Más aplausos. Terminó con un golpe hacia atrás y un puñetazo al frente.

A continuación, Stink se enfrentó a Rooster. Luego entregó su comprobante de servicios comunitarios. Para finalizar, Stink recitó el credo de la cinta amarilla, se inclinó ante Sensei Dan y esperó a que los jueces lo llamaran.

Ruby Yamamoto... Rooster Raymond... ¡Stink Moody!

Sensei Dan le hizo entrega de su cinta amarilla. No se veía vieja y sucia como su cinta blanca. ¡Era nueva, dorada y brillante!

—Cuando Stink llegó a la Academia Mano Vacía se tropezaba hasta con la colchoneta —dijo el Sensei Dan—. Ahora hay que ver a este muchacho. Nadie ha trabajado tan fuerte estas semanas. Stink Moody, es un gran honor para mí entregarte esta cinta a nombre de la Academia Mano Vacía. Úsala con respeto y confianza.

* * *

—Bien hecho —dijo papá.

—Inusual —dijo Judy.

Stink dio dos vueltas a su cintura con la cinta amarilla y la anudó hasta que las dos puntas quedaron parejas.

—Sensei Dan dice que el karate me ayudará de muchas maneras. Así que ya no soy una calamidad en deportes.

—Pero eres una calamidad haciendo nudos —dijo Judy.

—*No* es verdad. *No* es *tan* fácil como crees hacer un *nudo marinero* —replicó Stink.

—Puedes practicar cualquier deporte, sólo tienes que concentrarte en ello —dijo papá.

—Así que ahora eres un fan de los deportes, ¿hum? —comentó Judy—. Es una pena que no te dieran un trofeo.

Pero hoy ni siquiera su hermana mayor podría molestarlo. Bajó la vista hacia su nudo que ya había quedado perfecto.

—Pero tengo este uniforme genial y mi cinta amarilla es algo así como un trofeo. Y ahora tendré mi fiesta de pizzas, ¿verdad?

—Correcto —dijo mamá.

—Por supuesto —dijo papá.

—Entonces, ¿sí tendré mi fiesta de pizzas con torneo de lucha de pulgares? ¿Con mis amigos? ¿En serio? ¿Y puedo usar mi uniforme de karate también?

—Bueno, pero sólo por esta ocasión —dijo mamá.

—¡Aay-ya! —gritó dando un golpe invertido al aire—. Toma eso, mi antiguo yo, que apestabas en los deportes. Ha llegado un nuevo chico al pueblo. Karate Stink. Puedes llamarme Yeti Cinta Amarilla.

Por fin había llegado la hora de la confrontación en casa de Stink Moody. La hora del Campeonato Mundial de Luchas de Pulgares.

Stink apenas aguantaba las ganas de empezar a luchar. En esta ocasión contaba con un arma no muy secreta: ¡karate!

Stink se vistió con su uniforme de karate y una cinta en la cabeza.

Hizo un nudo marinero perfecto con su cinta amarilla y se puso un collar con su diente de tiburón para la suerte.

—Tiburón Martillazo, tú y yo seremos los máximos campeones de lucha de pulgares del mundo.

El patio trasero estaba lleno de niños compitiendo en lucha de pulgares. Webster, Sofía y Skunk. Ruby y Rooster. Heather Strong y Riley Rottenberger.

—¡Stink!

—¡Por fin!

—¿Dónde estabas?

—¿Por qué tardaste tanto?

—Ya derroté a Skunk y a ese chico Rooster —dijo Webster—. Tienes que luchar conmigo. Te venceré. T. Rex seguirá invicto.

Stink se detuvo frente a Webster y tragó saliva. Stink revisó el nudo de su cinta, casi tan grande como el nudo que sentía en el estómago. Pero Stink miraría con atención a ese nudo, se convertiría en un estanque de agua quieta.

—¡Ring, ring, ring! —dijo Skunk hablando ante una botella de catsup, como si fuera un micrófono y parado sobre una lata vacía—. ¡Aficionados a los deportes! Prepárense para el enfrentamiento final del Campeonato Mundial de Luchas de Pulgares.

A mano izquierda tenemos a T. Rex Jalapeño. Es fuerte y escurridizo, es el Superman de la lucha de pulgares. Ya ha vencido a seis contrincantes. ¿Seguirá invicto T. Rex Jalapeño?

—¡De ninguna manera!

—¡De cualquier manera!

—¡T. Rex es historia! ¡Martillazo manda!

—¡T. Rex manda más!

—Y a la derecha tenemos al retador, Tiburón Martillazo, se ve un poco enclenque, pero es tan poderoso como un tiburón blanco. También es escurridizo.

"Inclinarse como el sauce. Conservar la calma como el estanque." Stink no se sentía como un estanque, su estómago era una mar de olas que se estrellaban.

—Agarren sus manos, chicos —ordenó Skunk—. ¿Están listos para el combate?

Webster vistió su pulgar con la máscara de T. Rex Jalapeño. Stink revisó a Martillazo en su pulgar y frotó su diente de tiburón para la buena suerte.

—Inclinen sus pulgares en saludo.

Martillazo hizo una reverencia, como en el karate. T. Rex hizo lo mismo.

—Agárrense, y a darle —dijo Skunk, dando un golpe al aire.

Webster lanzó su pulgar al frente y atrás, hacia un lado y hacia el otro, buscando que Stink lanzara su dedo.

—¡Golpe de frente! T. Rex estuvo a punto de hacer sushi de Martillazo —gritó Skunk.

Stink apenas tuvo tiempo de retirar su pulgar.

—Pero Martillazo es escurridizo.

"Soy fuerte como el sauce", pensaba Stink. "Soy poderoso como el roble. Soy ágil como el tigre. Soy escurridizo como la anguila."

—¡Cabezazo! —anunció Skunk.

—¡Aplástalo T. Rex!

—¡Vamos Martillazo, no seas una bailarina!

"Concéntrate. La mente en blanco como una hoja de papel."

—¡Oh, no! ¡T. Rex apareció de pronto y aplastó a Martillazo! Uno, dos...

T. Rex aplicó una llave estranguladora. Stink pudo deslizar su pulgar y escapar apenas.

—¡Pero escapó! —gritó Skunk—. Es un escapista. ¡La Anguila Eléctrica!

—¡Destrózalo, Martillazo!

—¡Contraataca, T. Rex! —gritaban los niños.

Stink jadeaba. Webster resoplaba. Stink sudaba. Los lentes de Webster se le escurrían por la nariz.

—¿Te rindes? —preguntó Webster a Stink.

"Nunca te rindas", escuchó en su mente a Sensei Dan. Hasta el momento Stink había sobrevivido a dos caídas, una llave estranguladora y un cabezazo. Había esquivado el Ataque de la Serpiente, el Ayudante de Santa y un Tsunami Splash. Era la hora de su venganza eléctrica.

—¡De ninguna manera! ¿Tú te rindes?

—¡Nunca! —dijo Webster.

—¡Tiempo! —pidió Sofía.

Pero Stink no se detuvo, siguió esquivando, lanzado ataques y eludiendo contraataques. Webster seguía preparando un ataque sorpresa.

Stink era la anguila eléctrica en un estanque de agua. Se sentía fuerte como el sauce, no se rompería. Era un tigre al acecho, listo para dar un zarpazo.

De pronto, Stink lanzó un ataque relámpago y engañoso. Perdió la máscara de Tiburón Martillazo.

—¡Uno, dos, tres!

Stink había logrado sujetar a Webster hasta tres. Por fin el Tiburón

Martillazo había derrotado al poderoso T. Rex con su pulgar sin máscara. Stink había dado el mejor combate de su vida. Pulgares abajo.

—¡Buen combate T. Rex! —dijo Stink.

—¡Fantástica pelea! Me sorprendiste. ¿Qué fue eso? ¿Un doble Ataque de Serpiente? ¿Un Tsunami lateral?

—Es un ataque que inventé, lo llamo Tigre al Acecho, pulgar oculto.

—¡Guau! —dijo Webster—. Deberías ir a las olimpiadas de lucha de pulgares o algo así. Ese movimiento

te llevaría al Salón de la Fama de la lucha de pulgares.

—Platícanos Martillazo, ¿cómo te sientes? Acabas de vencer al poderoso T. Rex —dijo Skunk acercando a Stink la botella de catsup-micrófono.

—Soy el pulgar más feliz del universo —respondió Stink.

Megan McDonald

es la galardonada autora de la serie Judy Moody. Cuenta que un día que visitaba una escuela, al entrar en un salón, los niños comenzaron a gritar: ¡Stink! ¡Stink! ¡Stink! En ese momento se dio cuenta de que tenía que escribir un libro en el que el protagonista fuera Stink. Megan McDonald vive en California.

Peter H. Reynolds

es el ilustrador de todos los libros de la serie Judy Moody. Dice que Stink le recuerda a él mismo cuando era pequeño, siempre luchando con una hermana mandona que se burlaba continuamente de él, y esforzándose para estar a su altura. Peter H. Reynolds vive en Massachusetts.